활

강정
시집

문예
중앙
시선
011

활

강정
시집

문예
중앙

시인의 말

신음조차 흉기가 되는 시절이 있었다.
부두노동자나 농부의 신심을 이해한다.
병든 고양이의 눈에서 見性을 읽는다.

미망의 옷고름을 끄르는 춤꾼이 될 것이다.

차례

일러두기

한 연이 첫 번째 행에서 시작될 때는 > 로 표시합니다.

고별사

두 개의 내가 있다고 합니다
둘은 하나의 상대어일 뿐,
알고 있는 모든 수의 무한 제곱일 수도 있습니다

허기가 폭발할 땐 쇠든 돌이든 턱없이 삼켜
스스로 불이 되려고도 한답니다
주여, 이 씹새끼여, 외치며
호방하게 술잔을 비운 다음
어두운 괄호 같은 게 되고 싶어도 한답니다

몸 안의 모든 욕구를 비워
풀잎의 살랑임에도 바스러지는
깨끗한 적막이 되려고도 한답니다

당신은 아무것도 선택하지 않으셔도 됩니다

배가 고플 때엔
혼자 받는 밥상이 순연한 노동처럼 귀히 여겨져

조용히 입 다물고 마른침만 삼킵니다
그저, 당신의 여윈 몸만 한없이 바라보고 싶어집니다
전쟁의 포성 아래에서도 풀이나 뜯는 노루 같은 게 되어
이 세상과는 사뭇 다른 흙 속의 비밀로
순한 문신을 새기고도 싶어집니다
내겐 예쁜 무늬만 보면 늘 마음 아파지는 착한 소녀도
살고 있습니다

당신은 계속 멀리 눈감고 계셔도 됩니다

당신이 그리울 때면 길게 목을 빼고
하늘만 바라봅니다
넋 나간 기린처럼 이 세계에서 지워져
순결한 아이들의 장난감으로나 다시 태어날지 모를 일
입니다
구름이나 창가의 화초 따위가 제 이름을 되뇌며
하늘 저편으로 사라집니다
나는 저 먼 곳에서 생의 모든 걸 돌이키는 우주의 붉은

점막일 뿐입니다

푸르른 유성들이 잘게 조각나면서 당신이 알고 있는
어떤 시간의 방향을 가리킵니다
그 어디에도 나는 존재하지 않을 겁니다
모든 시간의 합은 역사의 종말에 지나지 않습니다
나는 별처럼 쪼개져 당신도 모르는 사이,
당신의 가느다란 무르팍 사이에서
잃어버린 처녀막이나 다시 꿰매고 있을지 모릅니다
어머니를 다시 낳을 수도,
먼저 간 피붙이의 못다 운 울음이 될 수도 있을 겁니다

한때, 미망을 탐침하는 가을볕을 죽창인 양 휘둘러대며
당신의 붉은 입술을 짓찢은 적 있었지요
나는 불을 보면 환장하는 방화범의 후손입니다
아무리 서글프게 물을 들이켜도 뿜어져 나오는 건
방향도 없이 나부끼는 불길뿐입니다
검게 탄 시신이 되어 나는 오늘도 내가 흘린 모든 이

름과
　내가 벗어던진 모든 가면의 표정들을 오래도록 되새깁
니다
　당신이 누구였냐고 묻거나 묻지 않습니다
　당신이 존재하였기에 당신을 부르는 건 아닙니다
　다만, 당신이라 부를 수 있는
　무언가를 믿고 싶었을 따름입니다

　별들이 무한 제곱으로 밤길을 새로 가설합니다
　나는 걷습니다
　내 걸음의 시작과 끝에는 아무도 없습니다
　나는 걷습니다
　무한 제곱으로 찢어지는 발걸음들이 각자의 몸을 찾을
때까지
　이 정처 없음은 나의 유일한 정처일 뿐,

　나는 없습니다
　그러니 당신은 오래도록 나를 향유하셔도 됩니다

버리거나 즐기는 것도 당신의 몫입니다

나는 짓밟히는 게 천분이 된, 그저 하나의 길일 뿐입니다

단 하나의 어두운 길로 영원히 불타오르길 바랄 따름입니다

천둥이 치고 비가 쏟아집니다

벼락은 내가 기억하는 유일한 내 종족의 눈빛,

천공이 제 몸을 열어 나를 받습니다

나는 나를 기억하지 않을 작정입니다

긴 울음의 엄밀한 정도(正道)만 흙 속에 새겨놓을 것입니다

마지막 初夜

낮게 치우친 별자리를 두르고
지난밤이 오늘에야 어두워진다

아무것도 끝나지 않은 종말이 새벽 첫 빛줄기에 걸려
있다

밤새 칼 가는 소리 정밀하더니
지문 한 줄 어긋나지 않은 장님이 또렷한 일(一) 자로
쓰러진다

반 토막 난 태양이 등을 적신다
어깨에 드리운 빛이 물구나무를 선다

허공엔 산 자의 그림자
땅 위엔 죽은 자의 기나긴 족적

태양의 心府를 동강 낸 파도가
커다란 빗금을 긋고 쓰러진다

>

　피칠갑된 물고기들이 죽은 시간을 아가미에 품고 절명
한다
　빛의 거품들이 기어이 돌멩이로 변한다

　허공은 물의 그림자
　땅은 별들의 기억

　아무것도 시작되지 않은 태초가 어젯밤 창가에서 울고
있다

폭파 직전

전 생애가 불시에 사라졌다

한바탕 피가 휘날리고 바람이 불었다

내가 기억하는 건,

피를 머금고 쓰러진 우산

금색으로 갈라진 벽 위의 상처

소나무를 숨긴 가장 높은 탑

소나기의 차가운 참회

유리에 번진 사진 속 얼굴들

앙상한 아르페지오 선율

＞

흐르는

간헐천 모퉁이에

칼을 물고 서 있는

만 년 전 당신의 눈

남과 여

저문 바다
우산으로 가린 두 몸이 허공에 솟구친다
서로의 표정을 내리닫는 숨 가쁜 한숨

곤두선 파도가 장막을 펼친다

서로의 잇새에서 뻗는 불꽃이 하늘을 긁는다
땅의 끝을 짓씹는 파도처럼 서로를 삼켰다 뱉는 동안,
비의 투망 속에 한때의 핏물이 갇힌다

마지막 문장을 날려버린 책갈피가 빗물에 녹는다

남자는 여자의 둔부에 갇히고
여자는 남자의 머리칼에 결박당한다

그렇게 오래도록 하나의 우산 속에서 뒤엉킨다

20

>

　　검은 해가 물속에서 허우적댄다
　　서로의 입술이 서로의 중심을 삼킨다

　　오래 잠들었던 전설로 스윽 핥아 내린 세계의 밤낮,
　　꽃들이 잡아먹은 짐승의 울분은 아무리 되짚어도 기록
되지 않는다

　　　2

　　쓰여지지 않는 서로의 정체가 낯선 자아를 흉내 낸다
　　네 안에 잠겼던 내 몸의 전설 또한 인간의 영역 밖에서
비구름으로 혼자 운다

　　날 저물 때 바다가 피 흘리듯
　　내 몸이 네 안에서 지워질 때 마른 피 몇 방울 짧은 절
멸을 인화할 뿐,
　　내 혀에 찍힌 네 마음의 돌기들이 비의 장막 뒤에 떠다
닌다

>

우리는 다시, 비를 피해 우산으로 몸 가린다
우산 속에 감춰진 또 다른 몸들이 나타나지 않는다

허공에 내민 혀끝에 비가 닿는다
피가 닿아 바다의 끝에서 비로소 불이 된 너의 환영이
몸 밖으로 활활 끓어오른다

재 돼버린 지표면의 돌기들
살이 다 탄 우산 하나, 버려진 검처럼 모래 위에 문자
를 새긴다

지구가 발끝에서 미끄러진다

日蝕

울고 웃고 성질부리던 날들이
병든 유령들처럼 지나갔다
한낮에도 창밖은 몇억 광년 동안이나 까맣다
땀 흘리고 지친 밤이 눈물로 풀을 먹인 액자에 갇혀
있다
목젖 깊숙이 휘말린 혀가
썩은 내장들을 발라낸다
이 선홍빛 입김에 상처 입은 사람들이
차디찬 별이 되어
밤의 장막 뒤에서
소리 나지 않는 비명을 흘려보낸다
몸을 관통해 나간 바람이
생의 먼 지점에 우뚝 선 채
과거의 이끼들을 불러 모은다
달의 뒤편에선 멀고 먼 어제가 다시 오지 않을
다음날을 기약한다
다시 만날 사람들은 이미 죽었던 사람들이다
울긋불긋 재미난 탈을 쓰고

서로의 얼굴에 침을 뱉는다
달은 참 깨끗한 오욕이요,
태양이 스스로에게 퍼붓는
다디단 모욕이다
피 흥건한 침묵 때문에 이 밤이 끝도 없다
나는 나의 뒷면에서
나의 정면을 삼킨다
나라는 탈을 쓰고 몇억 광년 이녁의 몸을 덮친다
지구는 태양의 기생
제 몸을 녹여 우주의 빈 잔을 채운다

푸른 새를 낳다

너의 가슴과 등허리의 곡선은
더 이상 나의 손을 타지 않는다
마음을 다 담은 섹스는 늘 종말과 닿아 있다
함께 사라지기 위한 무정한 정념이
곧 명(命)을 다할 것이다
너의 음부에 더 이상 내 입술이 닿지 않는다
나는 차라리 없는 너를 끄집어내려
애꿎은 내 몸을 찢는다
나는 허공에 입술을 짓이긴다
공기의 입술에서 푸른 수액이 흘러나온다
나는 공기의 젖을 빤다
너는 적막 뒤에서 가랑이를 벌린다
붉고 탱탱한 백열등, 어둠의 음부가 신음한다
빳빳하게 곤두선 시간의 응어리를 불속에 담근다
뻥, 하고 가슴속 울혈들이 팀파니를 울린다
쓰디쓴 화약 냄새가 풍긴다
네 몸에서 시큼한 생리혈 냄새가 난다
몇천 굽이로 휘어진 시간의 벌 떼가

몸의 점막들을 들쑤신다
아퍼, 아퍼, 너는 소리 지른다
너의 비명이 어떤 정서와 닿아 있는지 나는 안다
사랑은 서로의 고통을 갈취하려는 노역,
'나는 모른다'가 늘 나의 응대법이다
더 세게 고통받기 위해 나는 너의 목덜미를 깨문다
피 맺힌 절규가 아니라면
그 어떤 하모니도 스스로를 비워낼 수 없다
나는 너의 두 다리를 허공에 들어올린다
공중에 떠 지상에 밀착한 체념들을
내려다보기 위해서다
영원히 결합할 수 없는 서로의 시간들을
허공에 불사르기 위해서다
나는 있는 힘껏 양팔을 노 젓는다
네 다리의 푸르른 힘줄들이
식물의 줄기처럼 내 허리를 감싸안는다
거대한 꽃의 암술 깊숙이
가쁜 숨을 몰아넣는다

피 맛 엉그는 시간의 첨탑에서 우리는 미끄러진다

같이 엉겨 있던 공간에 미끄덩한 이끼가 자라난다

땀 냄새와 함께 자지러지는 너의 거웃에

마지막 입술을 댄다

축축한 열도의 수풀이 방 안에 드리워진다

우리는 아무 말도 하지 않는다

벌거벗은 몸을 뒤척일 때마다 끼룩끼룩 알 수 없는 새

소리가 난다

너와 나는 울음 없이 운다

온몸이 온생을 짊어진 누액으로 흘러

매번 다시 돌아오는 마지막을 적신다

팽팽하던 괘종시계의 유리가 깨지며

푸른 새가 날아오른다

신의 불알이 축 늘어진다

일몰의 종소리가 두 개의 몸을 천상의 화분으로 옮겨

심는다

적멸―너에게 나는 어두운 공기의 파동이었을까

.

얼음 소나타

등 굽은 악절이 먼 곳의 바람을 추근댄다
바다 건너 대륙의 밑동이 부푼다
소금으로 배를 채운 고향동네 아이들은 검둥이를 품에
품는다

검은건반이 흰건반 사이로 가라앉는다
검은 수액이 태평양을 건넌다
이곳은 아시아의 낡은 부락 중에서도 볕이 가장 성한 곳,
파리 한 마리의 기별에도
남녘의 어머니가 피를 토한다

병든 할매가 커다란 등짐을 떨어뜨린다
그의 병인은 뇌파의 불안정 탓이었으니
두 세대를 넘겨 집 없는 아이는 겨울 볕에 미끄러지며
오래 두절된 사자(死者)의 구음(口音)을 청한다

눈멀고 귀먹은 짐승들이 샅샅이 털을 세운다
눈밭 위로 불순한 꽃들이

다시 올 계절의 꽁무니를 핥고 있다

방 안에 들어찬 봉분들,
일일이 가시를 세워 천정(天井)에서 새는 소리들을 낚
는다
저승을 한 바퀴 돌아 꼿꼿한 빙점으로 곤두선다

검은건반 사이로 흰 피가 흐른다

나무와 비

나무들이 펼쳐놓은 구름들 사이
유황빛 새가 튀어나온다
날개를 펼치고
회색 물컹한 구릉들의
얇디얇은 미립자들을 가르며
나무들의 뾰족한 절규 위에
내려앉는다, 내려앉아
날카로운 소리의 껍질을 벗겨
둥글고 황금 맛 나는 궤적들을
지나온 허공에 뿌리박는다
구름들이 둥그렇게 몸을 열고 있다
숨어 있던 해를 닦으며
한동안 말라 있던 빛들이
펼쳐지면
새는 다시 날개를 흔들어
나무 아래 까마득한
땅속까지 부리를 꽂아
지상에 엎드린 사람들의

각진 어깨를
연한 물질로 변화시킨다
그것이 다시, 흐르고 흘러
발아래 흥건한 진흙으로 모였다가
쉼 없이 하강하는
나무들의 푸른 정신을
붉게 달군다
곧고 날카로운 가지 끝에서
확산하는 熱愛의 빛,
붉은 전율이 나무의 몸을 빌려
하늘과 땅 사이를
고요한 진동으로 감싸고
새의 그림자가
이 모오든 풍경을
새하얀 몸짓으로 그러안아
구름 속으로 싣고 떠난다

남쪽 끝

저문 길이 천지의 내통을 알린다
파도가 붉게 노한다

물의 이빨에 상한 길옆에서
사흘 굶은 고양이가 난산 중이다

손가락을 버린 담뱃불이 목젖을 뽑아 올린다
어두운 저승길, 편자로 삼을 지난 광태의 오욕들이어

다리에 힘을 주니
콘크리트 바닥이 어느덧 죄의 뻘밭,
처음 당도한 섬에 긴 이별의 낙인이 달빛을 간질인다

물에 젖은 달력 수천 장 바람에 녹아 사라진다
한평생을 다 흘려보냈던 지난 며칠이 비석들을 몰고
온다

하나하나 모두 목 놓아 운다

파도가 긴 후렴을 이끌고 다른 세상으로 넘어간다

스스로 불 밝힌 낭인의 책은
페이지를 넘길 때마다 백 년 전의 서문만 곱씹는다

먼 곳의 빛이 이마를 친다

눈물이 발목을 휘감아 이윽고 혈서로 흐른다

죽은 아이가 어미의 배를 가른다
허공에 둥그런 칼자루가 떠오른다

만 년을 숨어 살던 섬이 기어이 육지와 내통한다

지구의 모든 게 멀리서 한눈이다

첫 번째 시

내 나이 고작 스물한 살
첫눈 내리는 날,
귀가 멀고 천체가 사십오 도 기울었다
대지의 중심축이 금성 쪽으로 어둡게 삐걱이고

방 안에 천 년 전 씹다 버린 금싸라기 자욱하다
청소를 하려고 달팽이관 아래 고인
소리들을 닦고 문지른다
몸 안의 빛이 심장을 헤집는다

천지가 고요하니
눈 감고 발 뻗는 곳마다 이역만리,
가만히 선 채로 흰 눈을 받는다
차갑게 영근 새살이 어떤 불도 달게 삼킨다
까맣게 녹아 비로 먼지로 아득히 싸늘하다

늙은 아이야, 춤추러 오거든 내 피 먹고 가거라
늙은 아이야, 멀리서 사랑이 운다 눈밭 위에 오줌을 뿌

려라

내 나이 벌써 스물한 살
검은 노을이 눈을 찌르고
커다란 산사태가 난다
내 몸 바깥에서 울던 애인이 기필코 집을 떠나
죽은 할머니로 돌아온다
커다란 밀떡을 깨물고

여름의 광대

— 달

목발을 짚은 광대가

저녁 어스름 너머에서 삐걱삐걱 걸어온다

한 손에는 술병,

목발 끝에는 대지의 입술을 찢는 칼이 달렸다

일그러지며 추락하는 태양의 머리 위에서

갖가지 웃음을 엽전처럼 꿰어내 덜그럭덜그럭 춤춘다

걸음 옮길 때마다

대지의 늑골이 천계(天戒)의 사다리로 뻗는다

낭창낭창 비틀거리는 허리

홀로 무너지는 세계의 낭심

밤이 짙어진다

허공에 목발을 디딘 채

광대가 몸을 거꾸로 일으킨다

비가 쏟아진다

뒤집어져서야 비로소 맨살을 비추는 슬픔에 대해

광대는 아무 말도 하지 않는다

토악질 속에 담긴 보석을 발견하는 건

벌거벗은 채 비를 맞는 집 없는 아이들이다

허공에 머리 박은 채
땅 밑까지 칼을 꽂아야 울 수 있는 울음은
광대의 의향이 아니다
중심을 고수하기 위해서가 아닌,
중심이라 믿었던 것들의 비틀림을 고발하기 위해
목발은 단련된다
허리를 꼿꼿이 세운 아가씨들의 비웃음과
도로변 눈알 뽑힌 채 절명한 새의 시체와
빗물 속에 미끄러지는
불빛의 혼곤한 피로가 대지의 음계를 비튼다
광대는 목발을 땅에 박은 채
하늘에 대고 수음한다
털털 털어버린 고뇌가 밤의 침울한 면상에 별을 새긴다
끙, 하고 눌러버린 마지막 상념이
광대의 목젖을 울린다
불태우지 못한 마지막 덩어리가
별들 사이 흐릿한 눈빛으로 날아가 박힌다
빗물을 만져보면 노란 빛이 구수하다

여름의 광대

— 가로수길

광대가 목발을 흔들어 가리키는 땅끝,
사람을 닮은 꽃들이 버럭 소리를 지른다
분노와 환희가 등을 맞대고 도열한
여름의 거리
땅속에 머리 박은 나무들의 흥건한 땀 냄새

장맛비의 성분은 서역의 훈향이나
북국의 오로라라 해도 틀릴 게 없다

광대가 나무들 사이로 사라진다
광대의 그림자가 나무의 푸른 숨결을 까맣게 물들이며
외친다

저것들은 사람이 만든 모든 걸 기억한다
저것들은 사람이 부순 자연의 풍광에서 빠져나왔다
사람의 바깥에서 사람보다 완전하게 인정머리 없는 천
체를 비웃는다

>

해의 핏줄기가 사람을 삼킨다
나무들이 머리채를 붙들고 싸우기 시작한다

여름의 광대
— 밤 고양이 조서

저녁 햇살이 등을 찌른다

광대가 쓰러지고 밤이 온다

광대의 부실한 다리가 허공에 뜬다

목발이 다시, 광대의 영혼을 딛고 일어서 광대의 진짜
몸이 된다

총알 박힌 도로에 사람의 숨결이 낮게 포장된다

구름 덩어리들은 땅의 성분을 녹여

하늘의 비밀스런 꽃들을 사람의 자리에 놓는다

광대의 얼굴은 사자를 닮았거나

사자를 삼키는 병든 나무를 닮았다

〉

밤의 꼭대기에 길 잃은 고양이의 눈물이 솟구친다

먹빛 노래가 달을 삼킨다

열하루 만에 대지가 허물을 벗는다

여름의 광대
— 장마가 멈춘 자리

장맛비에 사살당한 여름의 잔해가
모든 계절의 지형을 바꾼다

살아남은 사람들을
단풍이나 폭설이라 부르더라도
어리석은 천체는 꿈쩍도 않는다

광대는 빗물이 휩쓸고 간 열기의 빈터에서
세계의 모든 계절을 겪는다

시체들이 늘어선 도로
사자를 삼킨 나무가 불처럼 솟는다

광대가 쓰러진다

목발을 놓친 광대의 그림자가 구름 뒤편에서 밤을 삼
킨다

>

여자와 남자가 오래 이별하고
짧게 해후한다

지구가 다른 별을 임신한다

단 한 차례의 멸종

대숲이 늘씬하게 허리를 굽혀 바람과 맞서는 건 견디
기 위해서가 아니다
소슬하게 우는 푸른 음색은 단 한 번 나타났다 사라지는
물살의 거센 움직임을 닮았다
어깨를 낮춘 사람들이 빠르게 이동하는 거리 한 켠 낮
게 출렁이는 바다
자동차 불빛이 빗금으로 힘을 받는 대숲의 허리를 타고
투명한 빙어 떼처럼 날아오른다

내가 사랑했던 것들이
빗방울에 용해되어 천지에 난사된다
생의 모든 순간을 단번에 탄주하는 바람
대숲의 휘어짐에 따라 내 몸은
그 어떤 만선의 기쁨보다 벅차게 도로 위를 떠다닌다
온몸을 떼미는 힘에 의해
스스로에게서 빠져나오는 자유를 얻는 건
원싯적부터 몸이 기억하고 있는 유일한 본능이다
대숲이 허리를 세우고

하늘이 바다 아래로 흘러 지상의 소리를 바꾼다
처음으로 화답하는 당신의 몸엔 초록 비늘이 단단하다

활

시간이 이 세상 밖으로 구부러졌다
시여, 등을 굽혀라

고양이 새끼가 운다
어미 고양이를 삼키고 사람이 되려고 운다

급류를 삼킨 노을이
노을이 아빠가 되려고 운다

떠돌다 지친 다리가
다른 인간의 눈이 되려고
멀고 먼 삶으로 기어올라온다

빛이 어디 있는가
뒤집어진 어둠의 골상을 판독하려
한나절의 시름이 그다지 깊었다

> 못 나눈 정을 전염시키려
낮 동안 오줌보는 그토록 뾰로통했다

혈관에 흐르는 오래된 문자들을
고양이의 꿈이 딛고 지나는 이마 위에 처발라라

팔다리는 공기가 멈춘 나무
낭심 아래엔 죽은 별 무더기

구부러진 어깨를 펴라
갈빗대에 힘줄을 얹어
마지막 숨을 길게 당겨라

발끝으로 세계의 끝을 밀어내고
이승 바깥에서 돌아 나오는
흰 새벽의 눈알을 찔러라

\>

    터져 나오는 세계의 명치에 구름을 띄워

    이면이 없는 幻을 쳐라, 고요히 실명하라

    실명하라

月蝕

창가에 박힌 달을 혀로 핥는다
쓰고 텁텁하고 차갑다
삶의 끝과 죽음의 끝이 한 몸 안에 겹쳐 흐른다
입과 항문이 허공에서 만나
하늘 한가운데 새하얀 구멍으로 빛난다

왕복권을 손에 쥔 여행객처럼
별들이 몸속을 드나든다
숨을 쉴 때마다 지나간 시간의 구린내가 환하다
그 안에서
한 여자가 소리 내어 책을 읽는다

청바지를 입은 남자의 몸에서
팬티만 걸친 남자가 황급히 빠져나간다
허공에 걸린 바지를 꿰어 입으며
여자가 먼 곳을 바라본다
으깨진 빛들이 여자의 눈 속에 정액으로 흐른다
새롭게 물이 차오르는 강가

벌거벗은 남자가 섬으로 떠오른다

달이 떠 있던 자리가
환하게 비었다

나는 신이다, 라 적힌 일기를 읽은 날

얼굴에 잔뜩 분을 바르고
목청뿐 아닌 마음까지 찢어
눈가에 걸어놓습니다
누군가 웃고 누군가는 살며시 지전을 흘리며
그림자 뒤로 눈물을 감추었습니다
새된 웃음이 얼굴에서 뛰쳐나가 팔다리를 찢습니다
춤을 추고자 하는 마음보다
이미 춤이 되어버린 몸이 허공을 뜯어냅니다
새하얗게 뚫린 우주의 틈새로
팔끝 발끝 머리끝이 별들을 추렴합니다
공기 중에 심장을 띄워 태양의 온도가 적절한지 재어
봅니다
너무 빠르지도 느리지도 않은 곡조가
이미 떠난 사람의 마음 주변에서
아직 오지 않은 사람을 기다립니다
정말 기다리고자 해서가 아니라
몸짓 눈짓 마음짓이 이미 뭔가 지금보다 큰 시간 아래
드러누워

오래전 길을 헤매다 餓死해버린 어떤 짐승을
끈질기게 흉내 내는 탓입니다
무엇을 말하고자 알리고자 하지도 않습니다
말도 아니고 춤도 아니고
행여나 허공에 직립한 인류의 대속자를 추도하지도 않
습니다
눈이 쓰라리다면 이마의 분이 땀에 젖은 탓입니다
팔다리가 저리다면 아직 사람의 몸을 벗지 못한 까닭
입니다
얼굴을 예쁘게 꾸민 이유는
본디 못나서가 아니라
더 예쁜 걸 드러내기 쑥스러웠던 게지요
찢어진 음성이 파삭파삭 공기를 불태웁니다
머리에서 검은 재가 솟구쳐
한 사십 년 달궈왔던 핏줄의 향방을 어둡게 가둬버립
니다
팔다리들은 어느덧 각자의 정분에 달아
몸 안에서 굳어버린 광년의 실마리를 해체합니다

성기 안에 갇힌 별들이 오래전 사산된 별자리를 펼칩니다

뚜벅뚜벅 폴짝폴짝

미처 생명이 되지 못했던 아이들이 얼굴의 분을 핥습니다

눈에서 진흙이 흐릅니다

날개를 접은 푸른 새가 눈알을 쫍니다

나는 그렇게 기어이 하늘과 접붙습니다

가면을 쓰고 태어난 아이들이 지리멸렬 춤을 춥니다

어머니가 누구냐 자꾸 물어도 내 몸은 점점 돌이 되어갈 뿐,

태양계의 세 번째 행성은 차차 제 얼굴을 찾아갈 것입니다

샛별이 뜰 때

비가 그친 창문을 가만히 보면 빗물이 닦아낸 것 말고 더 많은 얼굴이 서려 있다
한때 내가 낳은 적 있는 벌레 같은 이녁들이다

젊을 적 아버지가 미리 온 노년을 데워 밥을 지어 먹거나 밤새 몸 안에서 들끓던 눈물이 흙먼지로 묻어 있을 수도 있다
그럴 때, 지구는 늑골을 앓으며 가장 가까운 별에게 거짓편지를 쓰기도 한다

밤새 늙은 여자가 아이의 목소리로 울다가 느리게 몸을 일으켜 커튼을 연다 수두 자국처럼 짓물러진 이른 아침의 태양은 이미 폐경을 지나 우주의 먼 끝에서 석탄으로 뿌려진다

한나절의 밤이 떡시루처럼 늘어져 지구의 대낮을 쿵쿵 짓밟고 지나간 자리,
머나먼 적도의 어느 섬에서 백만 년을 산 파충류 어미

가 인간을 닮은 파충류 새끼를 낳고 있다는 소식이다

　목덜미가 아름다운 흑인이 뚜벅뚜벅 태양의 빈자리로
걸어 올라가고 있다

설인의 마지막 꿈

길고 긴 밤, 폭설이 어둡다
천지로 방황하던
마음이 뚝 끊겨
아무에게도 닿지 않는 소리로 열흘 밤낮을 앓다가 비
로소 몸이 마음을 버린다

발가락 사이에 무슨 물갈퀴처럼 소름 돋듯
털이 부풀어 오른다
추위를 막기 위해서가 아니라
다가오는 길들을 훈훈하게 덮기 위해서다
본디 내 살 아니었던 것이 먼 길마저
몸 안으로 끌어당긴다
사지가 온통 간지러워 턱턱 숨을 짧게 끊다가
저도 모를 신음 한 줄, 바닥에 흘러 털을 적신다

팔을 주무르니 일순 섬광이 몸 안에 넘친다
먼저 시든 인간들의 긴 잠이 파노라마로 열려
다시 열흘 밤낮 내 몸을 내 몸 아닌 것들에게 내어주며

새카매진 혀를 씹는다
온몸에 예고 없는 발진이 돋는다
마음에 오래 살던 사람 하나를 죽이니
만병이 쾌활하게 공기를 짓눌러
더 커진 신음 속에 온밤을 가둔다
발목에서 웃자란 털이 사타구니마저 다 삼켰다

다음 날, 그리고 그다음 날의 긴 햇볕이 혀를 내밀어
털복숭이 몸을 줄줄 핥는다
태양이 뚝뚝 붉은 눈물을 흘린다
흉이 진 온몸에서 울긋불긋 열기가 솟아
나는 새빨개진 허공에 死語처럼 떠오른다
태양의 살점을 잘디잘게 포식하며 천천히 녹아 없어
진다
몸에서 벗겨진 털가죽이 지각변동으로 떼어져나간
대륙의 파편처럼
눈 덮인 길 위에 둥둥 떠 있다, 흡사 역류한 핏덩이의
응고물 같다

그의 화장술

모든 문자는 몸속 비추는 거울 아닌가

차가운 유리알들이 목울대를 넘는다

마음이 검어진 한낮이다

간만에 깊은 독서에 빠져버렸다

나는 어지럽고 착한 사람˙이란 시구에서 엄마 밥 냄새
가 났다

펄럭이던 책갈피가 옆집 베란다쯤에서 갑자기 지워졌다

예전에 꿈꿨던 풍경이 오래 덧난 검버섯을 밀어젖힌다

상처의 밑뿌리가 눈가를 가린다

햇볕이 몸 안의 검은 유령들에게 꽃가루를 흩뿌린다

>

분칠이 짙어진 이유는 분한 게 많아서가 아니다

백치처럼 입귀를 찢으니 코밑을 당기는 바람이 순순
하다

호~ 하고 입김을 분다

홀로 명상하던 거울이 와장창 깨진다

첫눈 내리는 꿈 때문에 살짜쿵 기분 좋아진다

햇빛이 여전히 쨍쨍하다

저세상에서 미리 내린 그늘이 이제는 푹신푹신하다

나는 다시 예쁜 아이가 된다

돌아오지 않는 연인을 그리듯

> 허공에서 빵빵해진 유리알을 다시 깨문다

이 행동엔 필사적인 거짓의 뉘앙스가 물큰하다

나는 언제든 험악한 아이로 돌아갈 수 있다

기쁘고 슬픈 일이다

입매가 여간 싸늘한 게 아니다

• 김언 시 「그가 토토였던 사람」 첫 행

사물의 원리

종각에 들어선 중은
세 끼를 굶었거나
어젯밤 몰래 술을 마시고 여자를 품었을 것이다

정념을 탐해서가 아니다
정념과 싸우기 위해서다

저녁 여섯시
둥근 종소리가 산 어귀에서 내려와
치장한 남녀들의 분주한 열망을 품는다

팽팽하던 힘을 놓아버리면
하나의 점이 수천만 배의 면적을 갖는다
스스로 공간이 되면서 스스로 지워진다

여름 해를 등피에 바른 뱀이
혀를 찢어 소리의 원환을 삼킨다
소리 자체가 되어 다시

숲 속으로 알을 슬러 숨어든다

도시 한가운데 커다란 연못이 생긴다
다들 언젠가 되돌아갈 물빛의 소리를 찾는다

귀가 씻기니
탁류의 바람마저 상큼하다

한 번도 더럽혀지지 않은 밤이 비로소 눈을 뜬다

둥근 메아리 속에서 온몸으로 메아리가 되어

사람의 소리를 벗은, 사람의 말

까악까악 까마귀
훌쩍훌쩍 뻐꾸기
— 김소연, 「이것은 사람이 할 말」에서

소리가 촉촉하다는 것은 생각을 잃었다는 것
마음과 그것으로 장난질해대던 사건들이
이미 물거품이 되었다는 것
더는 아무것도 희망하지 않는다는 것

철기둥 우리 안에서 피똥 싸며 우는 하마의 정념 따위에
더 이상 감정이입하지 않는다는 것
비가 오나 눈이 오나
사지 근육의 팽팽함만으로 모든 마음을 분갈이하고
다만, 다가오는 적들의 표정에
뜻 없는 웃음기만 흘린다는 것

노송 위에 우뚝 선 까마귀의 울음이나
긴 밤의 적요를 분해하는 뻐꾸기 따위에게
지난 사연을 일별해주고 가만히 밤의 어둠만 바라본다
는 것
오로지 움직임만으로 존재하는 것

나무 뒤에 숨어 나무가 되거나
풀잎을 따 먹으며 풀잎이 되거나
물소리에 잠겨 물이 되는 것
뱀이 운다, 라고 느껴
발밑의 뱀에게 윤회의 구조를 알려주는 것

이것이야말로 진짜 사람의 말
사람이라 일러 사람 이전으로 멀리 치달아가는 것
사람의 껍질을 벗고
가만히 나무의 심연 속으로 가라앉아
흙이 되고 바람이 되고 그리하여 꿋꿋이 목청을 열어
두는 것
사람의 이해와 사람의 농간에
기어이 사람의 精髓로 화답하는 것
밤에는 이리
낮에는 호랑이로
백만 년 묵은 곰의 치정을 설득하는 것

이것이야말로 사람을 벗은,

사람의 소리로 사람을 사랑하는 법

레이디호크

　올을 팽팽하게 조인 깃털조직들이 저녁의 첫 번째 섬
광에 닿는다
　푸르던 허공에 통나무빛 점(點)이 번진다
　작은 그림자 속 풍경들이 훤한 얼굴을 밝힌다

　숨죽이던 영원의 수풀이 퍼덕거린다
　소리 없는 울음이 천공을 둥글게 감싼다
　방향 없이 넓은 길에서 스스로 길이 되는 통 큰 붓질이
시작된다

　곧게 편 날개의 소실점에서부터
　대기가 감춘 거대한 암벽화가 드러난다
　밤의 첨병으로 날아오른 여인의 치마폭 아래 널따랗게
펼쳐지는 석양,
　자신의 무게보다 더 큰 짐을 짊어질 수 있는 고뇌가,
　그래서 결기 곧은 율동이,
　별들이 묻어 나올 자리를 끌질한다

>
　　남서와 북동의 간극은 발톱 끝의 1° 차도 되지 않는다
　　발아래 인간들의 계측기가 그림자 속에서 오작동한다
　　시간 밖을 선회하는 영혼의 먹이는
　　하늘과 강의 경계를 한꺼번에 아우르는 저녁의 심장
속에 감춰져 있다

　　밤의 저편에 숨겨둔 새끼들의 부리가 별들의 정수리를
쪼갠다

　　고도를 높일수록 숲과 강이 뒤섞인다
　　인간은 저 세계 바깥의 어두운 먼지에 불과하다

　　강굽이의 드높은 총기(聰氣) 끝에서 부감하는
　　수천 년 갈래로 나뉜 시간의 단층들
　　아무것도 보이지 않는 곳까지 날아올라야만
　　검은 별밭 사이 숨은 길로 드러나는 세계의 축도(縮圖)
속에서
　　무소불위의 착란을 체험할 수 있다

일개 점 속의 우주를 유영할 수 있다
포식자의 결 고운 허기로 끌어올리는 생물의 심장에서
길고 긴 밤이 흘러내린다

대기가 점점 두꺼워진다
밤하늘을 단 하나의 고립된 공간으로 압축하며
죽음의 미래까지도 파고드는 비상
낙뢰마저 비껴가는 영혼의 통로가 수직으로 낙하한다

하나의 점이
하나의 길로,
하나의 길이
한 마리의 뱀으로,
한 마리의 뱀이
한 세계의 내장으로,
세계의 내장이 다시,
시공을 한꺼번에 뒤집어버린
먼 곳의 불길로 타오른다

밤의 끝이 하얗게 요동치며 토해내는 별세계의 수정
란들
　터진 별에서 태어난 뱀들이 인류의 새로운 꿀을 탐한다
　죽은 시간의 고리를 물고 밤의 저편으로 사라지는 날
갯짓

　불길 속으로 매는 뛰어든다
　밤의 저편에서 울던 새끼들이 날갯죽지를 핥는다
　밤의 적막이 우지끈, 우레를 내뱉는다
　비가 쏟아진다
　불과 물이 뒤섞인 매의 울음이 쏟아진다
　우주의 어미가 오래 입 다물어 독 오른 미래의 아가리를
　영원의 분침이 새겨진 발톱으로 짓찢고 있다

유리병 속 거미 한 마리

곧 산자라 내가 전에 죽었었노라

볼지어다 이제 세세토록 살아 있어 사망과 음부의 열쇠를 가졌노니

— 요한계시록 1장 18절

타인과의 거리보다 자신과의 거리를 더 두라

자신과의 거리보다 언어와의 거리를 더 두라

사랑이라는 전투에서 참패한 뒤

백야처럼 고요히 웃는다

기나긴 허공의 침대 아래로

각질의 해를 끌어내린다

이제 다시 오색찬란 치열한 밤은 오지 않을 터이니

오래 끓던 주전자 속

물방울들마저 방긋방긋 터진다

콩을 가는 믹서 소리 은은하다

더 울 일 따위 없다는 듯

새침하게 코를 푸는 여자

그림자마저 새하얀 여자의

온통 말로 더럽혀진 숨구멍

얼룩처럼 번지는 점조직의 시간

허공에서 기어 내려온 거미 한 마리 탓에

온 방 안이 까마득하다

숨어 있던 우주의 추가

덜렁덜렁 까발려진다

속이 다 드러난 울음도 웃음도

그저 허공을 견디는 섬약한 핑계일 뿐,

유리병 속에 가두었던 거미가 한 달 만에 종적을 감췄
을 때

나는 우주의 중심을 사로잡았다고 믿었었다

그 믿음이 내 최악의 불찰이었다

허공에 몸을 풀지 않으면 두 개의 생명이 저승과 엉
킨다

끝끝내 내 족적이 나를 삼킬 때까지

유리병은 끝끝내 깨지지 않고

유리병 안에 들어찬 세계의 끝

거미는 애초에 없었던 건지도 모른다

속살을 드러낸 태양의 심장을 퍼내자

새하얀 거미알들이 수북하다

어느덧 매미 떼 울음도 전멸하고

그렇게 한여름에 긴 눈이 내렸다는 전갈은
이미 이 방에선 오래된 전설에 속한다

폭설의 인과율
―조연호에게

때는 초가을,

고양이가 인간의 밥상에 올라 춤을 춘다

친구 집 옥상 마당에 나이만큼의 분화구가 뚫려 있다

함께 잠자기로 한 인원은 남녀 도합 네 명

　사랑을 놓친 원숭이들이 몸의 아랫녘에서 새빨갛게 울
고 있다

　친구는 구멍 난 정원에 사탕수수나 포도 따위를 심고
싶어 한다

　구름이 단물을 삼키면 한겨울 솜사탕 같은 눈을 먹을
수 있을 것이다

　여름이 지나고 가을이 지나도 먹구름 뒤는 행복의 가

상스크린이다

　밥상 위엔 고양이가 먹을 만한 게 없다

　사각 모서리마다 몸을 접고 누운 남녀들이 각각 다른
꿈을 꾼다

　남자 1의 꿈속으로 여자 2의 별자리가 펼쳐져 있다

　여자 1은 자꾸 남자 1쪽으로 몸을 기울인 채 엄마를
찾는다

　친구는 옥상 난간에서 오랫동안 담배를 태운다

　지키지 못한 약속과 돌아오지 않는 과거가 기나긴 고
드름으로 얼어붙었다

　제 화기(火氣)에 입술을 데인 원숭이들이 인간의 뇌수

를 갉아먹는다

먼 길에서 낡은 버스 한 대 치고 들어온다

친구의 목이 고드름보다 길어져 난간에 매달린다

남자 2가 별안간 긴 울음소리를 낸다

여자 2가 윗옷을 벗은 채 옥상을 뛰어 내려간다

고양이가 여자 2의 자리에서 오래도록 털을 핥는다

버스가 방 안으로 뛰어든다

잠에서 깬 남녀가 낫을 들고 친구의 목을 친다

친구의 긴 머리에 희디흰 당분이 그득하다

\>

담뱃불을 삼킨 고드름이 거꾸로 활활 타오른다

원숭이들이 화들짝 공중제비를 돈다

긴 밤 동틀 녘까지 남자 1과 여자 1이 실랑이 벌이다
사라진 자리,

기나긴 불꽃이 구름의 맨살을 만진다

다디단 눈발이 고양이의 뇌수를 녹인다

사탕수수와 포도를 잔뜩 실은 버스가 흰 우유를 흘리
며 떠나간다

적들의 사랑

언제나 속이 쓰리다
나의 적은 은근히 적다
그래서 은폐 엄폐에 유리하고
까딱하면 모든 타인이 내 적이 될 수도 있다
라면을 끊고
커피도 끊고
술담배도 끊으려 하지만
생을 끊는 것만은 적들이 바라지 않는다
그래서
라면으로 배를 채우고
프림 세 스푼
커피 두 스푼
설탕 두 스푼 반 타 먹고
담배도 연거푸 두 대 피워 문다
속이 쓰리다
속이 튼튼하면 적들이 날 알은척도 안 한다
오토바이 타다가 죽은 옛 친구 생각이 난다
그때부터 속도엔 트라우마가 생겼지만

생각과 감정의 속도만큼은
아직도 발군이다
다 적들의 재빠른 행군 탓이다
적들은 내가 무표정할 때 더 극성이다
난해한 책 세 권 정도 떼고 나와서
뱀과 이리 같은 걸 들이밀 때도 있다
나는 적들의 사랑에 인류학적으로 혹사당한다
변기에 앉으면 이리와 뱀의
자손들이 몸 밖으로 나온다
나는 그것들에 대한 사랑을 멈출 수 없다
위스키 석 잔
폭탄주 네 잔
거기다 막걸리도 한 사발 걸치고
집으로 돌아온다
내 속이 내 바깥이 된 지 이미 오래다
적들은 나라는 폐가에서
그들만의 사랑을 연주한다
팔목 잘린 쇼팽이

눈빛만으로 비플랫과 시마이너 사이를
현란하게 음독한다
고등학생 때 햇볕 잘 드는 친구 집에서
폴로네이즈 때문에 죽고 싶어진 적 있다
아마도 적들은 그때부터 날 사랑했던 듯하다
나는 내 몸을 내 몸 바깥에서 사랑하고
적들은 내 몸 안에서 내 몸 바깥을 그리워한다
쇼팽이 매독 때문에 죽었다고 믿고 싶어지는 오늘밤,
나도 폴로네이즈 비슷한 뭔가를 만들고 싶다
나의 사랑은 늘
적들의 그것보다 훨씬 더 크다
그래서 나는 그들의 적이다
그러니 어떻게
적들에게 거하게 한판 쏘지 않을 수 있겠는가

이슬

　마음은 발끝에 걸려 길 한가운데 풀잎의 치정을 듣는다
　우듬지가 잘린 나무 한 그루 고개 꺾은 채 새들의 밀담
을 흘린다

　땅 밑으로 푸른 새가 시간의 속살을 파먹는다

　시방,
　삼백 킬로미터 거리의 집 한 채 객설의 창을 열고
　비바람의 노예가 된다

　나는 이미 죽은 사람이다
　나는 이미 죽은 사람이다

　깃털에 덮여 누워 있는
　이천팔백 일 전의 빗방울이 아직 청정하다
　해 뜰 적마다 눈물이 돋는 자들은
　저승의 기미로 생살을 찢는다

>

어둠을 재게 기운 빛의 보따리

물방울 하나가 지축을 흔든다

멀고 먼 이승

― 보선에게

밥알을 삼키다 심장이 목울대를 넘어올 때
아내의 겨드랑이에서 천사의 날개가 돋는 걸 본다
지상에서 다섯 발짝 이상 가라앉는 심정일 때,
일상은 돌연 성스럽다
이게 곧 춤의 반동력이다
어떤 참혹한 이해의 끝에서라야
생활은 가지런한 바둑돌처럼
저세상의 포석 위에
이승의 무너진 첨탑을 세운다
창틀에 고인 시간의 살점들이 도통 기억나지 않는
그 사람의 얼굴을 기운다
그 얼굴에 온통 나와 아내가 들어 있다

지난 새벽엔 도둑이 들었다
뚜벅뚜벅 겁도 없이 창을 따고 들어와
오래 열지 않은 서랍 속 낡은 공기만을 방출하고
구둣발로 사라진 도둑은 여자일까 남자일까
남자의 영예를 노렸을까 여자의 비참을 바랐을까

아내도 나도 어느 먼 곳을 헤매고 있었기에

납골당처럼 텅 빈 방 안에서 도둑은

돌연히 등장한 그 자신의 정체에 얼마나 오금이 저렸
을까

들여놓고 눈길도 주지 않던 고무나무가

무럭무럭 자라주는 건 웬 섬려한 침입자의 자각 탓이
아닐까

아내는 원래 무용수였다

아내는 간혹 날개를 펼쳐

자기도 나도 가보지 않은 북녘의 오로라를 끌고 오기
도 한다

나는 잘 미쳐보겠다며 발가벗은 채 춤을 추고

遊氷 위에서 노래하다 죽는 검은 백조를 흉내 내

아내 얼굴에 슬픈 주름이 그어놓은 시간의 골을 따라

긴 울음을 뽑는다

무용수였던 아내는 연신 웃기만 하지만,

웃음이 쪼개놓은 순간만큼 통렬한 자해와 불안의 표정

이 또 있을까

나를 보는 아내의 눈 속엔

미처 승천하지 못한 백조의 후예들이

점강법으로 늘어서 내 뻣뻣한 독무를 품평한다

그 재잘대는 시간의 잔해들이 수직으로 원환을 그리며

심장의 물기를 퍼낸다

이럴 때 먼 대륙의 지반 하나가 대열에서 이탈했다고
믿는

과장은 진심의 참한 水盤이다

아내는 두 팔 벌려 날개를 뜯어 먹는다

다만 자지러지는 슬픔과 회한 탓에 스스로를 꾸미는
작태인즉,

내 발가벗은 춤이 몸에 새겨진 상처를 포개는 수작이듯

서로가 서로를 들여다보는 시간은 바로 그 순간에서
부터

저세상까지 멀고도 멀다

도둑은 자기를 감추지 못할 때 사명을 다하는 것이다

>

아내가 운다 내가 울지 않기 때문에 아내가 운다

내 그리움이 다 말랐기 때문에 이제 아내가 운다

내가 춤을 다 마쳤을 때 아내는 날개를 다 찢고

먹다 남긴 밥알이 말라붙은 그릇을 설거지한다

연두색 고무장갑을 끼고 탈탈탈탈 털어내는 내 입맛의 찌끼 탓에

아내는 없어도 될 감정과 잊어야 할 회한 사이에서 자꾸만 겨드랑이를 긁는다

마치 스스로 가두어버린 몸 안의 백조가 안쓰러워 화가 난다는 듯,

물기를 다 닦아내고도 금세 마르지 않는 질펀했던 사랑의 뒷자리가 이승의 오욕이라도 된다는 듯,

다 해진 토슈즈처럼 구멍 난 시선을 이마에 붙이고

팽그르르 전신을 돌려 지난 시간의 하중을 떨쳐낸다

열두 바퀴 다음 살짝 어지럼 도는 아내의 눈에 핏물이 흐른다

나는 참 성마른 도적, 기어코 피를 봤으니 모든 진심은 사후의 참화일런가 아, 내

선인장 입구

"표적은 죽음으로써 긴장과 공포로부터 해방되지.
그것 때문이지, 그렇게 웃는 얼굴이 되는 건."
― 스즈키 세이준 감독, 영화 〈피스톨 오페라〉에서

상처를 천 년 정도 문지르면 꽃이 필까
이 몸이 만 년을 견디는 나무가 될까
그러나,
가시는 최초의 고백이거나
최후의 사정(射精)
아무도 사랑하지 않는 입술이 천지를 헤매다
한낮 소나기로 지난밤의 지도를 바꾼다
우뚝 선 허공에 물기가 마른다
은박(銀箔)을 두른 태양이 애인의 머나먼 창문 앞에서
혼절한다
신기루 같은 기억의 방사선이
대기의 과녁으로 떠오르면
나는 백 개의 다른 이름으로 쪼개져
세계의 궁륭 깊숙이 칼침을 던진다
마지막 물기를 베어 물고
낱낱의 공기입자로 바스러지는 바람
매 순간의 절벽 앞에서

사랑은 더운 향기를 깨물고

온몸에 가시를 두르는 천형 아닌가

독 오른 신열이 한 줄로 꿰어내는 땅과 하늘 사이

숨어 있는 빛의 허물이 이 몸 안에서 눈뜰 때

뭇매 맞은 영혼들 데불고 천진한 원귀(冤鬼)를 두드려
깨우리

이곳은 대지의 마지막 문

제 몸과 사별하는 도마뱀과

만 년을 침묵하는 이구아나와

시체를 먹고 살찐 까마귀 떼도 정렬하라

최선의 종말로 최악의 이해를 얻는,

웃음이 가시로 뻗친 초록의 총구(銃口) 앞으로

첫사랑 '들'

나의 예지는 혼돈만큼이나 경멸당한다
......
나는 심술궂은 광인이 되기를 기다린다
—A. 랭보, 「삶」에서

I

내 어둠은 피 흘리는 꽃밭

죽음 너머에서 들여다본 불빛의 고요

증발한 별들의 이명(耳鳴)을 좇으며

혈관 속에 갇힌 바다를 흘려보낸다

몸 안의 빛들이 허공과 충돌한다

기어코 정신을 놓아버릴 적기(適期)에 놓였다

눈먼 자의 기억 속엔

총천연색 비늘들이 반짝인다

사랑이 깊었던 물고기들

지난날의 천체를 깨물고

물속 깊숙이 하강한다

죽은 여인들이

물 밑바닥에서 뻐끔뻐끔 숨을 쉰다

그렇군!

꽃은 그녀 '들'의 거짓말, 그녀 '들'은 세계의 천진한 실수

더 세게 밟아주세요

더 크게 모욕당하고 싶어요
나는 다시 참한 아이의 꿈을 되풀이한다

2

맨 처음 겪었던 지옥은
폐선들이 땀 흘리는 검붉은 바다
춤인지 노역인지 모를
태양빛의 뜨거운 경련
그 안에서 나는 꽃들의 더러운 암술을 마셨다
향기에 취한 정신이 미친 배처럼
우주의 항로를 거역하고
영원한 천국의 길로 죽은 청춘을 인도한다
진달래 따 먹고 실신하던 4월의 공기를
세기 초의 음흉한 무도회장 속에 들이부어야지
봄볕이 겁탈해버린 머리칼은 노랗고 빨갛게
사산(死産)한 아이들의 춤사위를 되살린다
팔과 다리는 심장의 노력을 잊고

동강 난 머리통이 허공의 푸른 삽으로 날아간다
꿈의 천장 한가운데서 추락하는 돌고래
핏줄을 태우는 담배연기
내가 버린,
천국의 처녀성

나는 죽은 여인의 숨통을 부풀리며
기나긴 노래를 뽑는다
황금빛 벌 떼가 바다 한가운데 풀빛 산호를 엮는다
半人半漁의 음부가 허공에 대고 핏빛 공기를 쏘아올린다
나는 사후의 존재, 사명은 없다*
남쪽 바다의 섬들이 무덤을 닮아 보이거나
대지의 소똥처럼 딱딱해진 이 마당에
꽃은 영원을 가로막는
고통의 숨구멍
온 바다가 대지의 암술 속에서 흔적도 없다

• A. 랭보, 「삶」에서

지나간, 그리운 오열

연민에 사무쳐 흙을 퍼먹으며 울던 시절

길 가던 아이가 무슨 못된 생물을 살피듯
눈동자를 떨어뜨리고 지나갔다

구르는 눈알 속에서
새 한 마리 흙을 쪼며 퍼득퍼득 기어 나와
지구 뒤편 숨은 그림자를 펼칠 때,
먼 곳의 높은 탑이 기우뚱, 스스로를 의심한다

식도를 넘어선 흙알갱이들이 반죽한
붉은 별들의 끝없는 행렬
슬픔의 도돌이표인 양,
신의 항문에서 흘러나오는 설사인 양,
물오른 저녁의 헛것들 사이로
내가 퍼먹은 흙 자리에 피어난 검은 꽃

꽃의 뿌리에서부터 사선으로 갈라지는 대지

\>

연방 새가 몸 안에서

먹빛이 된 하늘을 꺼내는 동안,

한 식경 전에 바라본 세계가 내 안에서 빠르게 곪고
있다

밤의 어둡고 환한 줄기들

밤에도 검은 줄기 흰 줄기가 따로 있다
어두운 길을 더듬듯 마음을 박박 긁다가
검은 줄기에서 흰 줄기가 새는 걸 보고 급하게 표정을
바꿔 쓴다
죽음이란 이런 게 아닐까 한다,
라고 순결한 노트를 적신다
정작 입에선 신음만 흐르지만
밤의 흰 줄기 속으로 정신을 우겨 넣다 보니
한나절의 아픔 따위 먼 나라의 슬픈 동화 같기만 하다
돌이킬 수 없는 치정이 있었다
살기 위해서 죽음과도 같은 열병을 겪어야 한다며
도저히 불가능해 보이는 꿈속에서
사흘 밤낮을 헤매었다
눈보라와 폭염이 한데 엉킨 극지에서의 방황이었다
검은 줄기를 따라가면 이글거리는 태양 앞에서
왕관을 쓴 누이를 만나기도 했다
흰 줄기의 끝엔 절벽이 있었다
절벽을 삼키는 파도가 있었고

만지면 거품으로 변하는 새하얀 분노가 들끓었다
사람을 죽이거나
오장육부를 해체해
미증유의 인간 품종을 개발하는 사업도 꿈꾸곤 했다
흰 줄기의 물줄기를 끌어
검은 줄기의 황막한 표면을 적시다 보면
눈에서 핏물이 흘러내리기도 했다
감정을 숨기지 않으면 그것들이 그대로 밤의 창공에
봄꽃처럼 흐드러졌다
왕관을 쓴 누이가 꽃을 거두어
파도의 끝에 매달았다
몸이 더 먼 곳으로 실려나가는 꿈에서 문득 깨어보면
갓 마흔의 이부자리가 기분 좋게 흥건했다
그대로 몸을 일으켜 볕을 받으니
몸의 뿌리가 이미 창공을 매만지고 있다

인형놀이

그날은 비칠대기만 하는 골 속을 뒤집어 가마를 만들었더랬습니다

이글거리는 번개가 눈을 뚫고 허공에 검은 창을 열었더랬습니다

무슨 애벌레 같은 게 들끓고 있었더랬습니다

뚝뚝 마디가 끊긴 누액이 먼 길을 동여매고 있었더랬습니다

어제는 이상하게 굽어진 소리의 파형을 목격했습니다

새들이 전속력으로 창공에 머리 부딪쳐 금싸라기 같은 음악을 뿌렸습니다

펄럭거리는 귓속에 정충들이 말라 죽어 있었습니다

빗소리가 동그란 접시 안에 지도를 그렸습니다

내일은 토끼를 만들어보려 했습니다

토끼 귀는 천 리 바깥의 소식들 이끌고 더 높은 물음표로 걸리었습니다

누구는 배신을 하고 누구는 사랑을 하였다 합니다

내일은 오늘 안에서 썩고 있었습니다

오늘은 팔다리를 떼어 기나긴 기둥으로 세워놓을 겁니다
니다
천장도 없이 길들이 오늘 안에 기다랗게 갇힐 겁니다
수천 장을 읽어도 끝나지 않는 이야기가 매번 새롭게
시작될 겁니다
몸통만 남은 동상이 눈알을 굴리며 빗방울 속으로 굴
러갑니다

기나긴 마중

그녀는 모든 걸 녹이고 말리고 불태운다
계란이 식도를 틀어막고 나는 그녀에게
굴복하는 것이다
사는 것이다
절대적으로 나는
바다엘 가보지 않았으므로

완벽하게도 나는
살아본 적이 없는 것이다
—졸시 「죽은 바다」에서

I

네가 떠났다
뇌수 속에서 출렁이던 바다가 빠르게 마른다
나는 오래전 죽은 나를 표절한다

2

슬픔을 입안 가득 베어 물고 노래한다
밤하늘을 찢고 피 흘리는 세계의 또 다른 눈
사랑해
사랑해

3

열두시가 되기 전에 너는 온다고 했다

아름다운 협잡에 대한 미련을 끊고 밤하늘을 날아온다
고 했다

나는 순진하게도 모든 시간의 엄밀한 법칙을 믿었다

나는 천공의 시곗바늘에 찔려 이 세계로부터 적출당
한다

4

슬픔에 지친 팔다리가 미쳐 춤춘다

너와 탱고를 추고 싶다

엇갈리는 다리 사이에 허리를 꺾어 저세상까지 구부러
지고 싶다

펄럭거리는 그림자 아래 못다 쓴 이승의 염원들을 태
우고 싶다

너와 왈츠를 추고 싶다

잠들지 못하는 밤의 꼭대기에서

혀 속에 숨긴 칼을 꺼내

온밤이 붉은 넝마로 물결치게 하고 싶다

수십 광년 굽이의 출렁임으로 기어코 붉은 달을 삼키

고 싶다

　5

입만 열면 빗줄기가 쏟아지는 봄밤의 시린 嘔逆

출렁거리는 나비의 자궁에서

칼과 횃불을 든 유령들이 잔치를 벌인다

촛불의 심지 속에서 웃고 있는 적막

차가워진 심연의 숨소리

　6

한 여자가 오랫동안 내 침대에 누워 있다

시트 밑으론 굶주린 구렁이가 천년을 꼬아 알을 슬고

(여자의 쾌락은 모성의 분노)

죽은 나무 아래 검은 사슴이 다녀가고

붉은 여우가 제 목을 물어뜯는다

이 거룩한 청승으로 천 개의 밤을 견딘 나는

촛불 속으로 온밤을 짓이긴다

다 타버린 잿더미 속에서 모래인간의 눈이 반짝인다

(남자의 욕정은 폭풍에의 갈망)

7
나는 파리가 되고 싶은 것이다
나는 모기의 식성을 닮고 싶은 것이다
나는 불꽃으로 굳어버리고 싶은 것이다

물이 마른 바다의 유일한 모래탑으로 서고 싶은 것이다
사랑해
사랑해

불구

멀리 새 한 마리 추락한다
집으로 향하던 나는 눈이 먼다

집 앞에 낯선 여인의 시체가 누워 있다
새가 가랑이 사이를 간질이다가
세상에서 가장 음습한 곳으로 멋모르고 날개 접는다

여인의 아랫도리에 누워 새가 벌벌 떤다
날갯죽지에서 사산된 아이의 머리가 삐져나온다
구름은 파랗다
하늘이 파랗다고 생각했던 게 오래된 착각이듯
이곳이 나의 집이라 여기는 건
생시가 일러준 크나큰 오해에 불과하다
나는 세상에서 가장 음습한 곳으로
날개를 가진 네발짐승인 양
비틀비틀 기어간다

모든 날개는 불쌍한 농담이다

바닥까지 가보려는 마음이 하늘을 더럽힌다
그 더러움이 깨끗하다
낯선 여인의 질 속엔
어떤 이의 눈물범벅이다
눈물의 진창을 헤치고 나가면 문득 하늘이 보인다
먹빛이다

새를 죽였다
그 새는 자기가 죽었는 줄 모른다
하늘이 파랗다
모든 게 거짓말이다

낯선 여인은 내가 아는 그 여인이다
나는 그녀를 죽인 적 없다
다만 눈이 멀었을 뿐,

비로소 새가 난다
웃자

그것의 정체
― 다시, 준규에게

햇빛이
느린 걸음으로
다가와
창가에
부서지다

창틀 아래 탁자 위,

잿더미가
새하얗다

원래
이 탁자는

이곳에
없던 것이다

적막을 장전한 키메라

조강석 · 문학평론가

I

강정의 새 시집은 시적 언어의 혁신을 모티브로 한 트릴로지의 완결판이자 새로운 자유의 시작이다. 그러니까, 이 시집은 두 개의 모멘트를 동시에 지니고 있다고 하겠다. 다시 말하자면 이 시집의 언어는 한 정념이 완결될 때의 적막과 새로운 자유가 꿈틀댈 때의 카오스적 에너지를 동시에 지닌 키메라에 비견될 수 있다. 상실의 언어 속에서 생성을 싹틔우는 단성생식을 종족보존의 원리로 삼는 이 키메라의 표정을 들여다보기 위해 잠시, 이 시집의 전사(前事)를 더듬어볼 필요가 있겠다.

첫 시집 『처형극장』을 발표한 지 10여 년 만에 등장한 시집 『들려주려니 말이라 했지만』은 기성의 세계에 대한 피로감과 새로운 언어에 대한 열망을 동시에 담고 있다. 그리고 그런 양가적 정념은 새로운 우주와 인간의 새로운 종족의 탄생을 희망하는 수사를 통해 표출된다. 예컨대, 눈에 띄는 표현만 간추려도 우리는 이 시집에서, "이제 다른 인간이 태어나야 한다"(「우주괴물」), "새로운 인간"(같은 시), "세계의 무거운 시신"(「거미인간의 시」), "시간 밖의 사물, 외계에서 귀환한 나의 후손"(「한밤의 모터사이클」), "우주의 새로운 개벽"(「거꾸로」) 등과 같은 구절들을 쉽게 추려낼 수 있다. 예를 든 것만 이런 정도이되 이와 비슷한 구절들은 이 시집에서 그야말로 다량으로 검출된다. 이런 구절들을 축자적으로 받아들인다면 외계 종교를 믿는 이의 변설로나 간주될 것이나, 시 언어를 어찌 그렇게 읽으랴. 기성 세계에 대한 피로감과 새로운 세계에 대한 열망, 그리고 잠재된 새 세계를 포착하는 감각은 이 시집에서 중첩되어 나타나는데 이런 구절들은 이 혼재된 정념이 궁극적으로 열망하는 바가 무엇인지를 표현한 것이라고 하겠다. 그리고 바로 그런 맥락에서, 이 시집을 압축하는 축도와 같은 구절은 "온몸에서 천체가 뽑혀나왔지요"(「거미인간의 시」)라고 할 수 있다. 거미와 몸의 비유에 주목할 때, 이 구절은 감각을 통한 세계의 새로운 직조를 의미하는 것으로 간주된다. 시의 언어가 하는 일이란 바로 그것이 아니고 무엇이겠는가.

첫 시집과 두 번째 시집 사이의 간격이 10여 년이었던 것과는 달리 2년 남짓한 시간 뒤에 발표된 세 번째 시집 『키스』는 바로 그와 같은 열망을 고스란히 반영한 시집이다. 앞서 두 번째 시집에서의 수사를 상기하면서 『키스』에 넘쳐나는 다음과 같은 구절들을 보라.

지구 밖의 시간을 떨어뜨렸다 ―「고등어 연인」

어느덧 세상 밖이 발아래 놓였다 ―「한낮, 정사는 푸르러」

대기권 밖의 기별들을 생중계해줄 핏줄의 신선도만 믿어볼 뿐 ―「티브이 시저(caesar)」

먼 바다가 뒤척이는 건 내 마음이 이미 지구 밑동을 서성대며/세상의 모든 풍경을 바꾸려 했기 때문이다 ―「풍경 속의 비명」

먼 곳의 사연들로 가득한 이 몸은 곧 폭발할 것이다 ―「텔레비전」

홀연히 한 세계가 닫힌 문 뒤로 사라졌다 ―「침입자」

거꾸로 조감하는 세상의 또 다른 바깥 ―「무덤이 떠올라 별이 되니 세상은 한참이나 적막하더라」

푸르스름한 공기의 결마다/지구 밖의 기별이 지문처럼 묻어 있거늘 ―「血便을 보며」

이 표현들이 감각을 통한 새로운 세계의 생성, 그리고

그것을 산출하는 시적 언어에 대한 열망의 반영임을 다시 설명하는 것은 불필요할 것이다. 눈여겨볼 것은 『들려주려니 말이라 했지만』이 기미와 예감으로 가득한, 새로운 말을 기다리는 고양의 느낌 즉, 사전(事前)의 느낌을 준다면 『키스』는 폭발과 파국의 현장에 대한 사후(事後) 술회의 인상을 준다는 것이다. "오래전 한 편의 詩가 끝나고 바람이 불었다"라는 구절로 시집이 시작된다는 것, 그리고 "펄럭이는 파도 끝 자락에 마지막 詩가 불붙는다"라는 구절로 시집이 마무리된다는 것, 그리고 그 두 작품의 제목이 공히 「死後의 바람」이라는 것은 저간의 사정을 충분히 압축적으로 보여준다. 말하자면 두 시집은 별개로 읽히기보다는 드라마적 구성을 지닌 연작으로 읽힌다는 것이다. 기성 세계의 지리멸렬함에 대한 포착, 몸의 구체적 감각을 통해 새로운 세계를 직조하려는 열망, 그것을 가능하게 할 새로운 언어에 대한 비원이라는 모티브가 이 연작을 관통하고 있음을 두 시집을 통해 우리는 상정해볼 수 있다. 요약하면, '들려주려니 말이라 했지만…… 키스'라 이 말이다.

그로부터 다시 2년여의 간격을 지니고 묶인 이번 시집에
서 우선 우리는 작품들 속에서 빈번하게 사용되는 용언이
우리말에는 없는 현재완료형의 의미론적 계기를 지니고
있음을 눈여겨볼 필요가 있다.

전 생애가 불시에 사라졌다

한바탕 피가 휘날리고 바람이 불었다
—「폭파 직전」 부분

내가 사랑했던 것들이
빗방울에 용해되어 천지에 난사된다
—「단 한 차례의 멸종」 부분

손가락을 버린 담뱃불이 목젖을 뽑아 올린다
어두운 저승길, 편자로 삼을 지난 광태의 오욕들이여
—「남쪽 끝」 부분

가능하면, 시집 전체에 드라마적 구조를 부여하는 해석
을 피하자는 게 시 해설의 불문율임을 모르는 바는 아니

나, 이처럼 자꾸만 제 내력을 목전에 들이미는 팩트를 굳이 피하는 것도 도리는 아닐 듯하다. 지난 시집이 "펄럭이는 파도 끝 자락에 마지막 詩가 불붙는다"로 끝났음을 기억한다면 즉, 지난 시집이 『들려주려니 말이라 했지만,』에서부터 점차 고양된 파토스의 정점에서 그 하강을 예비하며 마무리되었다는 것을 기억한다면 발췌된 구절들이 일종의 회고로서의 대단원을 떠올리게 하는 것임을 생각해보는 것은 무리가 아니다. 그런데, 피바람 부는 정념의 격전이 벌어지고 그와 더불어 어인 일인지 사랑했던 것들은 흔적도 없이 허공으로 흩어진다. 한바탕의 격전이 잦아진 뒤, 그것을 돌아보는 이의 심중 한편엔 회한이, 또 한편에는 적막이 깃든다. 이처럼 한바탕의 꿈이 사그라진 뒤 절정과 하강, 정념과 사념, 회한과 적막이 서로를 침투하면서 벌어지는 운동은 이 시집에서 일식과 월식의 이미지로 선명하게 전경화되어 나타난다. 여기서는 그 양상을 보다 단적으로 잘 드러내는 일식 이미지에 대해 살펴보자.

울고 웃고 성질부리던 날들이
병든 유령들처럼 지나갔다
한낮에도 창밖은 몇억 광년 동안이나 까맣다
땀 흘리고 지친 밤이 눈물로 풀을 먹인 액자에 갇혀 있다

목젖 깊숙이 휘말린 혀가

썩은 내장들을 발라낸다

이 선홍빛 입김에 상처 입은 사람들이

차디찬 별이 되어

밤의 장막 뒤에서

소리 나지 않는 비명을 흘려보낸다

몸을 관통해 나간 바람이

생의 먼 지점에 우뚝 선 채

과거의 이끼들을 불러 모은다

달의 뒤편에선 멀고 먼 어제가 다시 오지 않을

다음날을 기약한다

다시 만날 사람들은 이미 죽었던 사람들이다

울긋불긋 재미난 탈을 쓰고

서로의 얼굴에 침을 뱉는다

달은 참 깨끗한 오욕이요,

태양이 스스로에게 퍼붓는

다디단 모욕이다

피 흥건한 침묵 때문에 이 밤이 끝도 없다

나는 나의 뒷면에서

나의 정면을 삼킨다

나라는 탈을 쓰고 몇억 광년 이녁의 몸을 덮친다

지구는 태양의 기생

제 몸을 녹여 우주의 빈 잔을 채운다

—「日蝕」 전문

일식, 말 그대로 달이 태양과 지구 사이에 위치하여 달 그림자로 태양을 가리는 현상이다. 자연현상으로서의 일식은 그 자체로 신비롭고 상징적인 사건이어서 많은 이들의 영감을 자극하는 소재로 사용되어왔음을 우리는 알고 있다. 그런데, 이 시에서 일식은 신비나 관조의 대상이 아니라 간섭과 침식의 관점에서 불거진 이미지로 기능한다. 일식이 해가림으로 간주되면 신비로운 관조의 대상이 되지만 그것이 차가운 달이 뜨거운 해를 삼키는 사건으로 간주되면 일식은 불을 삼킨 몸이 반응하는 사태의 후속을 낳는다.

이 시는 정황과 구조로 되어 있다. 즉, 이 시의 전반부는 정황을, 그리고 후반부는 구조를 보여준다 하겠다. 시의 전반부에서 우리는 하나의 드라마가 완결되었음을 알 수 있다. "울고 웃고 성질부리던 날들이 / 병든 유령들처럼 지나갔다"는 진술이 이 정황의 중심을 구성한다. 정황을 보라. 모든 것이 지나갔다. 모든 것이 지나가서 멀어져 갔다(passed away). 따라서, 이 경과의 결과는 죽음에 가깝다. 땀 흘려 애쓰던 모든 일들이 눈물로 각을 낸 액자 속에 '안장'되었다. 소리를 발설하지 못하고 "목젖 깊숙이 휘말린 혀"는 제 안을 더듬을 뿐이다. 땀 흘려 애쓰던 자리는 이제 상처 입은 사람들로 가득하다. 그러니 이런 정황으로부터 우리는 이미 한 사태의 뜻하지 않은 종결에 따른 후일의 회고가 뒤따름을 짐작해볼 수 있다. 그런데 나아가서, 바로 이 지점에서 우리는 시의 전반부의 정황을 관통하는 수일한 이미지 하나를 얻을 수 있다. 다시 적어본다.

　몸을 관통해 나간 바람이
　생의 먼 지점에 우뚝 선 채
　과거의 이끼들을 불러 모은다

　몸을 관통해간 치명적인 바람이 멀리서 과거의 기억을 패잔병처럼 불러 모은다. 수일하되, 한 사태의 종결을 어림잡는 이라면 누구나 동감할 수 있는 적확한 이미지가 아닐 수 없다. 이제 남겨진 것은 힐난과 오욕이 아닐 수 없는데 이 지점에서 시는 다시 정황 대신 구조를 부각시키며 몸을 살짝 튼다. 전반부에서 사태 종결의 정황에 대한 이미지였던 일식은 후반부에서 주체가 스스로에게 부과하는 모욕의 이미지로 전화한다. 그리고 그것은 이제 시에서 중요한 것을 정황으로부터 구조로 변모시킨다.
　후반부의 핵심은 "나는 나의 뒷면에서/나의 정면을 삼

킨다"는 것이다. 일식은 다름이 아니라 '나'로부터 비롯된 '나'의 잠식이다. 그것은 한 개체의 정면을 삼킨 뒷면의 반동에 비유되고 있다. 그러니까, 이 진술은 도모와 좌절의 정황을 두 개의 '나' 사이의 인력과 척력의 구조로 뒤바꾸는 진술이다. 이제 사태는 계획의 정밀함과 책임소재의 문제가 아니라 '내' 안의 정념들과 사념들의 쟁투의 문제로 바뀐다. "나라는 탈을 쓰고 몇억 광년 이녁의 몸을 덮친다"는 표현이 적시하고 있듯, 이것은 바람이 몸을 관통해 간 후 '내' 몸 안에서 전면과 후면을 뒤집으며 엎치락뒤치락 하는 것들 사이의 문제이다. 그러니 이때 일식은 글자 그대로 대우주(macrocasm)에서 벌어지는 일의 소우주(microcasm) 안에서의 재현이 아닐 수 없다. 강정이 앞선 두 시집에서 '우주'와 '개벽'의 비유를 종종 사용했음을 상기한다면, 이 시에서의 일식이 대우주의 일을 몸 안의 소우주 안으로 끌어들이는 이미지임을 쉽게 생각해볼 수 있다. 웬일인지 사태는 이미 종결되었지만 '내 몸' 안의 소우주는 들끓고 있다. 그러니, 이제 바로 이 시점에서 이 시집의 가장 앞머리에 놓인 시의 제목이 「고별사」라는 것을 다시 확인해볼 필요가 있다. 시집의 첫 작품을 아무렇게나 선택하지는 않았으리라. 까닭이 있기 마련이다. 시 전문을 살펴보아야 마땅할 것이나 지면의 한계상, 시의 흐름과 문맥에 크게 해가 되지 않는 선에서 발췌하며 읽어보자.

두 개의 내가 있다고 합니다

둘은 하나의 상대어일 뿐,

알고 있는 모든 수의 무한 제곱일 수도 있습니다

　고별사의 첫 머리에 이중의 '나' 혹은 다중과 무한 겹의 '나'를 끌어들인 까닭은 위에서 살펴본 바와 같다.

허기가 폭발할 땐 쇠든 돌이든 턱없이 삼켜

스스로 불이 되려고도 한답니다

주여, 이 씹새끼여, 외치며

호방하게 술잔을 비운 다음

어두운 괄호 같은 게 되고 싶어도 한답니다

　때론, 세상 모든 것을 소화시킬 수 있다는 의지로 들끓고 나아가 독신(瀆神)의 독기로 자신을 소진시키기를 자처하기도 하는 '나'가 있다.

몸 안의 모든 욕구를 비워

풀잎의 살랑임에도 바스러지는

깨끗한 적막이 되려고도 한답니다

　때론, 정념과 열망의 흔적까지 모두 비워 최소심장으

로, "적막"만을 감득하려는 '나'도 있다. 두 개의 '나'가 있다는 것이 아니다. 둘은 하나의 상대어일 뿐, 이와 같은 예는 무한 제곱이 될 수도 있다.

　　당신은 아무것도 선택하지 않으셔도 됩니다

　그러나, 이것은 온전히 '내' 안에서 일어나는 일이다. 이 모든 일의 귀결은 '당신'에게 귀책사유가 있는 것이 아니다.

　　전쟁의 포성 아래에서도 풀이나 뜯는 노루 같은 게 되어
　　이 세상과는 사뭇 다른 흙 속의 비밀로
　　순한 문신을 새기고도 싶어집니다
　　내겐 예쁜 무늬만 보면 늘 마음 아파지는 착한 소녀도 살고
　있습니다

　　당신은 계속 멀리 눈감고 계셔도 됩니다

　　당신이 그리울 때면 길게 목을 빼고
　　하늘만 바라봅니다
　　넋 나간 기린처럼 이 세계에서 지워져
　　순결한 아이들의 장난감으로나 다시 태어날지 모를 일입니다

이 구절은 설명이 따로 필요 없을 것이다. 다만, "내겐 예쁜 무늬만 보면 늘 마음 아파지는 착한 소녀도 살고 있습니다", "순결한 아이들의 장난감으로나 다시 태어날지 모를 일입니다"와 같은 순한 고백으로 시가 마무리될 일이 아니라는 것을 우리는 이미 이 시의 첫 연에서부터 짐작할 수 있다. 더군다나 이 시집은 "나는 언제든 험악한 아이로 돌아갈 수 있다"(「그의 화장술」)와 같은 구절을 품고 있다. 그러니 과연……

나는 불을 보면 환장하는 방화범의 후손입니다
아무리 서글프게 물을 들이켜도 뿜어져 나오는 건
방향도 없이 나부끼는 불길뿐입니다
검게 탄 시신이 되어 나는 오늘도 내가 흘린 모든 이름과
내가 벗어던진 모든 가면의 표정들을 오래도록 되새깁니다
당신이 누구였냐고 묻거나 묻지 않습니다
당신이 존재하였기에 당신을 부르는 건 아닙니다
다만, 당신이라 부를 수 있는
무언가를 믿고 싶었을 따름입니다

물이 불의 연료가 되는 삶은 얼마나 피로한 것일지. 내부를 단속하려는 적요(寂寥)가 보이는 것들을 모두 연소시키는 응전(應戰)의 형태로 표출되는 것을 알고도 변명

116

하고 싶지 않은 삶, 그리고 그 때문에 더 깊어지는 간극과 그럴수록 양산되는 가면들. 어쩌면 이 구조야말로 게오르그 짐멜이 수줍은 도시생활자의 정신 축도로 제시한 바와 가장 잘 부합하는 것이라고 할 수 있을지 모른다. 진정한 '나'와 지금 타인들과 악수하고 있는 '나' 사이에 수습하기 어려운 격차가 발생하고 있다는 것. 짐멜이 도시생활자의 삶에서 수줍음이라는 것이 어떻게 치명적인 것이 되는가를 살핀 것은 이런 맥락이 아니었던가. 정신분석을 한 번만 가져오자면, 바로 그런 상태의 '나'가 "당신이라 부를 수 있는/무언가를 믿고 싶었을 따름"이라고 고백하는 것은 그럴 만한 충분한 이유가 있다고 하겠다. '당신'이야말로 실정적이건 정황적이건, 정언적이건 가언적이건, 물리적이건 심리적이건 간에 잠재적으로 임재함으로써 '나'를 실재케 하는 존재이기 때문이다. 주지하듯, 이때 '나'는 환유한다. 첫 연에서 무한 제곱으로 표상된 '나'의 가면들 중 정확히 '내' 것인 것은 애초 있을 수 없기 때문이다.

별들이 무한 제곱으로 밤길을 새로 가설합니다
나는 걷습니다
내 걸음의 시작과 끝에는 아무도 없습니다
나는 걷습니다

무한 제곱으로 찢어지는 발걸음들이 각자의 몸을 찾을 때
까지
이 정처 없음은 나의 유일한 정처일 뿐,

나는 없습니다
그러니 당신은 오래도록 나를 향유하셔도 됩니다
버리거나 즐기는 것도 당신의 몫입니다
나는 짓밟히는 게 천분이 된, 그저 하나의 길일 뿐입니다
단 하나의 어두운 길로 영원히 불타오르길 바랄 따름입니다

천둥이 치고 비가 쏟아집니다
벼락은 내가 기억하는 유일한 내 종족의 눈빛,
천공이 제 몸을 열어 나를 받습니다
나는 나를 기억하지 않을 작정입니다
긴 울음의 엄밀한 정도(正道)만 흙 속에 새겨놓을 것입니다

이처럼 적막한 카오스가 또 있을까? 강정은 지난 시집
의 말미에서 사후(死後)를 언급했지만 이제 죽음 이후는
다시 사후(事後)가 되어 삶을 재촉한다. 어쩌면 이 시집에
"적막", "적멸", "적요" 등의 시어가 함께 등장하는 것은
우연이 아니다. 또한, 그가 "상처를 천 년 정도 문지르면
꽃이 필까/이 몸이 만 년을 견디는 나무가 될까"(「선인장

입구」) 하고 묻는 것도 까닭 모를 일이 아니다. 이미 내면에서 한 사태를—그것이 구체적으로 무엇이든 간에—완결 지은 이가 '죽음 이후'를 '그 일 이후'로 맞고 있다면 그의 심중에 적요가 깃들지 않을 수 없기 때문이다. 그러나, 한 사태의 완결 이후에 찾아오는 이 적요는 에너지의 소멸이 아니라 오히려 카오스의 전야가 된다. 정처 없음을 유일한 정처로 받아들이는 심중은 적막을 카오스로 벼리는 시적 데미우르고스와 현실의 디오게네스가 함께 사는 공간이다.「여름의 광대」연작에서 이렇게 말할 때 그는 이 모든 사태에 직면하여 비로소 카오스의 창조주요 적막의 현인으로서의 시인으로 사는 법을 발견한 것이라고 할 수 있다.

　　중심을 고수하기 위해서가 아닌,
　　중심이라 믿었던 것들의 비틀림을 고발하기 위해
　　목발은 단련된다
　　―「여름의 광대―달」부분

　중심이 아니라 중심의 난분분을 고발하기 위해 중심을 짚는 것이란 적막 속에서 카오스를 부리는 법이 아니고 무엇이겠는가. 그것이 강정이 감각을 통해 탄생하는 우주를 지을 새로운 시어라는 모티브로 관철된 트릴로지의 대단원에서 얻은 결론이 아닌가 한다. 이제야 비로소 말을 하건대 이 모든 내면의 드라마야말로 바로 시의 관할 구역이 아닐 수 없다: "모든 문자는 몸속 비추는 거울 아닌가"(「그의 화장술」).

3

햇빛이
느린 걸음으로
다가와
창가에
부서지다

창틀 아래 탁자 위,

잿더미가
새하얗다

원래
이 탁자는

이곳에

없던 것이다

　　　　　　　　　　　　　　—「그것의 정체」 전문

　사태의 곡절은 아랑곳하지 않고 수수께끼와 미스터리 하나가 불현듯 시집에 제시된다. 서두에서 이 시집이 완결과 자유를 동시에 지니고 있다고 했다. 지금까지의 사정이 완결의 내력을 보여준다면 이 시는 사태를 완주한 이에게만 부여되는 자유의 움을 품고 있다. 그리고 그 자유는 적막과 카오스가 한곳에 깃드는 현장에서, 가시계와 비가시계가 접점을 만드는 순간을 향해 장전된 언어를 통해서만 표현 가능한 것이다. 세심하게 들여다본다면 창작된 순서와 상관없이, 우리는 이 시집에서 이미 그런 기미를 품고 있는 아름다운 시 한 편을 주목할 수 있을 것이다. 바로「지나간, 그리운 오열」이 그것이다.

　연민에 사무쳐 흙을 퍼먹으며 울던 시절

　길 가던 아이가 무슨 못된 생물을 살피듯
　눈동자를 떨어뜨리고 지나갔다
　구르는 눈알 속에서
　새 한 마리 흙을 쪼며 퍼득퍼득 기어 나와

지구 뒤편 숨은 그림자를 펼칠 때,
먼 곳의 높은 탑이 기우뚱, 스스로를 의심한다

식도를 넘어선 흙알갱이들이 반죽한
붉은 별들의 끝없는 행렬
슬픔의 도돌이표인 양,
신의 항문에서 흘러나오는 설사인 양,
물오른 저녁의 헛것들 사이로
내가 퍼먹은 흙 자리에 피어난 검은 꽃

꽃의 뿌리에서부터 사선으로 갈라지는 대지

연방 새가 몸 안에서
먹빛이 된 하늘을 꺼내는 동안,
한 식경 전에 바라본 세계가 내 안에서 빠르게 곪고 있다
　　　　　　　　　　　　　―「지나간, 그리운 오열」 전문

　인용한 시는 이 시집에서 가장 아름다운 시 한 편을 꼽
으라면 우선적으로 검토되어야 할 작품이 아닐 수 없다.
지면의 성격과 한계상 여기서 이 시에 대해 자세히 분석
하지는 않겠지만 이 시에서 우리가 확인할 수 있는 것은
생의 조건 속에서의 유한자의 슬픔을 무한이 체득되는 소

우주인 몸과 결부된 이미지들을 통해 수일하게 표현하고 있다는 것이다. 이것은 후일담 형식의 상념의 진술이나 토로의 경향과는 흐름을 달리하는 것이라고 하겠다. 창작의 순서가 정확히 어떻게 되는지 확인할 수 없지만 이것은 사태를 대단원 지은 이의 심중에서만 생성 가능한 이미지들이 아닐 수 없다. 적막한 이도 카오스적인 불을 내뿜는 이도 이미지의 왕좌에 앉을 수 없다. 적막한 카오스 혹은 카오스적인 적막을 겨냥하는 언어를 장전한 이만이 자신의 슬픔을 이런 방식으로 들여다볼 수 있기 때문이다. 이 시에 나타난 이런 미묘한 변화를 염두에 두고 앞서 인용한 시를 다시 살펴보자. 이것은 확실히 대단원 이후의 시다.

'그것의 정체'라는 제목이 이미 넌지시 겨누고 있는 것처럼 이 시는 기미와 운동 그리고 인식의 주체에 대한 것이다. 서구어의 문법을 설명하는 용어 중 흥미로운 것의 하나인 '비인칭가주어'라는 말을 떠올리게도 하는 '그것'이라는 말이 여기서는 낯설면서도 적확하다. 비인칭가주어를 사용한 서구어의 표현에 의하면 '그것'은 주체이기도 하고('It snows.'), 기미이자 기운이기도 하고('It's getting dark.'), 무정형의 실체이기도 하다(Who's it?). 그리고 흥미롭게도 레비나스가 주목한 것처럼, 어떤 용례에서는 존재의 존재자로의 발현(Il y a)이자 존재의 은총(Es gibt)에 대

한 표현이기도 하다. 참으로 다재다능한 '그것'이 아닐 수
없으되, 시「그것의 정체」에서는 가시계와 비가시계의 누
빔점으로서의 기능을 목록에 추가한다.

자세한 설명이 필요하겠으나 요지를 간추리자면, 창가
에 부서지는 햇빛의 잿더미가 쌓이는 탁자는 사물의 관계
(햇빛, 창살, 탁자)와 운동(쏟아짐, 부서짐, 받침)을 즉, 적막
한 가운데 벌어지는 저 카오스적 관계와 운동의 전모를
겨냥하며 장전된 시어에 의해서 비로소 가시계에 얼굴을
내민다. 시 언어는 사물의 관계와 운동을, 정적인 것과 동
적인 것을, 적막과 카오스를 가시적으로 틀 잡기 위해 장
전된 무형의 화살이다. 이것은 트릴로지의 완결 국면에서
는 없던 자유이다. 오호라, 트릴로지의 연출가였던 강정
은 이제 자유를 위해 활을 들었구나.

시간이 이 세상 밖으로 구부러졌다
시여, 등을 굽혀라

고양이 새끼가 운다
어미 고양이를 삼키고 사람이 되려고 운다

급류를 삼킨 노을이
노을이 아빠가 되려고 운다

떠돌다 지친 다리가
다른 인간의 눈이 되려고
멀고 먼 삶으로 기어올라온다

빛이 어디 있는가
뒤집어진 어둠의 골상을 판독하려
한나절의 시름이 그다지 깊었다

못 나눈 정을 전염시키려
낮 동안 오줌보는 그토록 뽈로통했다

혈관에 흐르는 오래된 문자들을
고양이의 꿈이 딛고 지나는 이마 위에 처발라라

팔다리는 공기가 멈춘 나무
낭심 아래엔 죽은 별 무더기

구부러진 어깨를 펴라
갈빗대에 힘줄을 얹어
마지막 숨을 길게 당겨라

발끝으로 세계의 끝을 밀어내고

이승 바깥에서 돌아 나오는
흰 새벽의 눈알을 찔러라

터져 나오는 세계의 명치에 구름을 띄워
이면이 없는 幻을 쳐라, 고요히 실명하라

실명하라

—「활」 전문

부연 설명이 필요할까? 화살을 메기기 위해 등을 굽힌
시, 그 시에 장전된 언어가 겨냥하고 있는 온갖 카오스와
카오스를 응시하는 적막을 헤아려보라. 시의 전반부와 중
반부에 걸쳐 묘사된 다채로운 카오스적 사태는 그것을 관
통하기 위해 활을 메기는 이의 눈가를 어지럽히지 않는
다. 난분분한 현상의 미혹에 "실명"한 이만이 "터져 나오
는 세계의 명치"를 겨냥할 수 있다. 감각을 통해 생성되는
우주를 설명할 새 언어를 찾는 과정의 트릴로지를 완결
지은 이가 장전한 언어가 이제 겨냥하는 것은 무엇일까.
자, 새로운 자유를 향해, 시인 강정, 준비하시고……

문예중앙시선 011

활

초판 1쇄 발행 | 2011년 12월 12일
초판 3쇄 발행 | 2016년 1월 29일

지은이 | 강정
발행인 | 노재현
편집장 | 박성근
마케팅 | 김동현, 이진규, 한아름
디자인 | 오필민디자인

발행처 | 중앙북스(주)
등록 | 2007년 2월 13일 (제2-4561호)
주소 | (04517) 서울시 중구 통일로 92 에이스타워 4층
전화 | 1588-0950
홈페이지 | www.joongangbooks.co.kr

ISBN 978-89-278-0282-2 03810